全国小学生(ぜんこくしょうがくせい)おばけ手帖(てちょう) 2

ウワサの幽霊(ゆうれい)編(へん)

田辺青蛙 原案　岩田すず 絵・文

静山社

目次

はじめに

みなさん、こんにちは。〈怪談おばさん〉の田辺青蛙です。

さっそくですが、みなさんの将来の夢はなんですか？　ユーチューバー？　ティックトッカー？　お笑い芸人？　それとも、学校の先生や、水族館や動物園の飼育員、イラストレーターやEゲーマー？　消防士や警察官、医師や看護師、学者や研究者や音楽家、スポーツ選手になりたいと思っている人もいるかもしれません。

この世界にはいろんな仕事があります。

おばさんのまわりには、呪われたグッズを喜んで集める、オカルト・

コレクターや、コワイ話を読み聞かせする怪談朗読屋さんや、オカルト探偵なんて仕事をしている人もいます。おばさんはというと、いろんな人からコワイ話や不思議な話を集めて話したりするのを仕事にしています。

この本に載っているのは、小学生や、かつて小学生だったころを思い出しながら話してくれた大人たちの不思議な体験談。そして、地元の怪談を調べてくれた子どもたちが教えてくれた話です。

今回は、予想以上にたくさんの話が集まってしまいました。なので、ここに載っているのは、怪談おばさんが集めた話の中のほんの一部です（小学生を飲みこむのが大好きな巨大蛙のお話や、ノートをかじるのが大好きな赤白帽の話、〇〇〇味のカレーの幽霊の話も載せたかったのですが、ボツになってしまいました。残念！）。

でも、集めても集めても、まだまだもっと聞きたい！　いろんな怪談を知りたい！　と思ってしまうので、みなさんもこの本に載っているのとはちがう怪談知ってるよ！　うちの学校ではこんな不思議なことがあった！　そういえば、図書館の本で、ぼくの住んでいる場所にむかし、おばけの出るところがあったって書いてあったよ！　なんてことがあれば、この本にはさまっているハガキに書いて送ってください。

怪談大好きの怪談おばさんは、ちゃあんと全部、読んませてもらますからね。怪談が届くと、本当に蛙みたいにぴょんぴょん飛びはねて、どんなお話だって大喜びしちゃいますから。

ちなみに怪談おばさんは、小学校のころから、コワイ話や不思議な話やおばけが大好でした。どれくらい好きだったかというと、妖怪やおばけにファンレターを出したり、休み時間中も、ホラーや心霊写真が載っている本ばかり読んでいたほどです。

ずっと何かを好きでいれば、もしかしたらその分野のプロになれるのかもしれません。

みなさんも自分の「好き」を大事に育てていってくださいね。

第1話

ゴーストボトル

「ゴーストボトル」
って知ってる？
幽霊が入ったビンのことだよ。
通学路の途中にある、タイルがはげた
古いビルの404号室の
呪物屋さんで買えるんだ。

どんな幽霊が入っているかは、
お店ではわからない。
外国の幽霊だったりもするし、
いい幽霊か悪い幽霊かも、運しだい。
幽霊がビンから出ないように、フタは、
コルクでしっかり閉じられている。

万が一、幽霊を逃しちゃっても
だいじょうぶ。
空のゴーストボトルを持って、
「デュルー・フィーズ・
ジャジャーユカラー!」
という呪文を3回となえると、
ほかの幽霊をつかまえられる。
それを、呪物屋さんでべつの幽霊と
交換したり、買い取ってもらう
こともできる。幽霊は、
古ければ古いほど
めずらしくって、価値が高いんだ。
でも……

ぜったいに、
ひとつのビンに入れる幽霊はひとつだけ。
幽霊どうしでケンカしちゃったり、
幽霊がまざっちゃったりすると、
大変なことになるんだって。

直射日光は避け
開封後は冷暗所で保管

テラリウムのように
植物を配置すると
幽霊もくつろげます

1ビンに1幽霊。
同居は出来ません。

ほとんどの幽霊は、
さみしがり屋です。
一日一回は、声かけして
あげましょう。

成仏の際は
快く見送り
ましょう

なついてくれば
簡単な芸も覚えます

第2話

白い足音

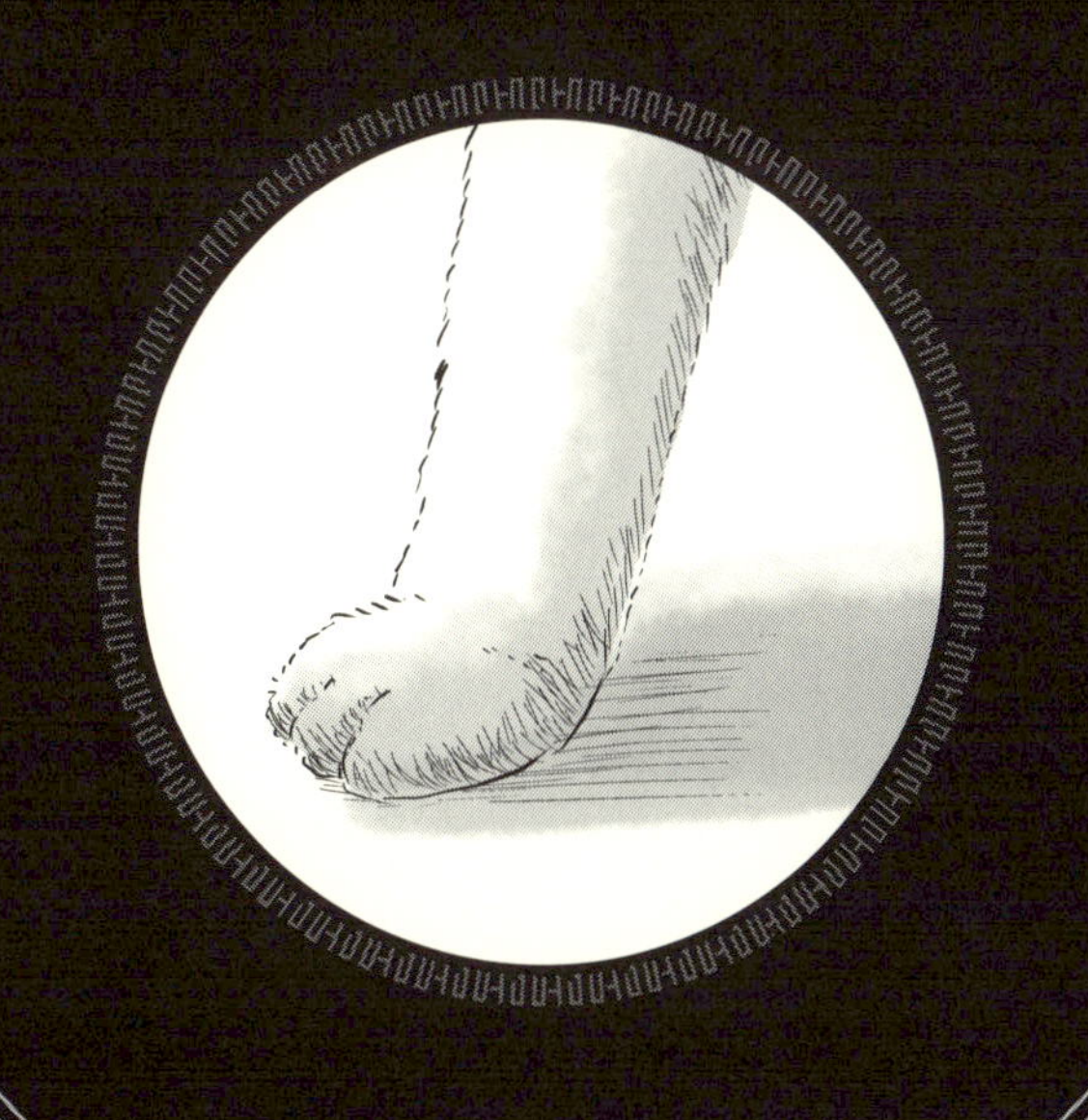

夜中、なんとなく目がさめた。

トトト…トットトトト…

ろうかのほうから、小さな音がする。

トトト……

それから、ニャッと鳴き声がした。

飼い猫のフーコの足音かな？

ぼくは部屋のドアから顔を出して、

ろうかを見た。

うす暗いろうかの先に、フーコの
丸い背中が見えた。
「やっぱり」
ドアをしめようとすると――

トトトトト…

ぼくの足もとを、
小さな白いものが横切り、
「ニャニャッ」
その後をフーコが追いかけていった。

「」

歯だっ!!

おといぬけた、ぼくの奥歯。

お母さんに話したら、

「ねぼけてたんでしょ」って

わらわれたけど……、

ぜったいに見た!

だって、ぬけた歯を入れていた

木のケースから、

あの歯だけ消えてるんだもん。

第3話 動く肖像画

(うごくしょうぞうが)

音楽室に飾られている肖像画の
音楽家の目が動いているのに
気がついちゃったら、
ぜったい目をそらすんだ。
もし、目があったら――
夜中に家にやってくる。

そして、
あっちむいてホイ！
を挑まれる。
3回続けて負けちゃうと、
きみが絵の中に
閉じこめられてしまうよ。

第4話

アメ買い幽霊(ゆうれい)

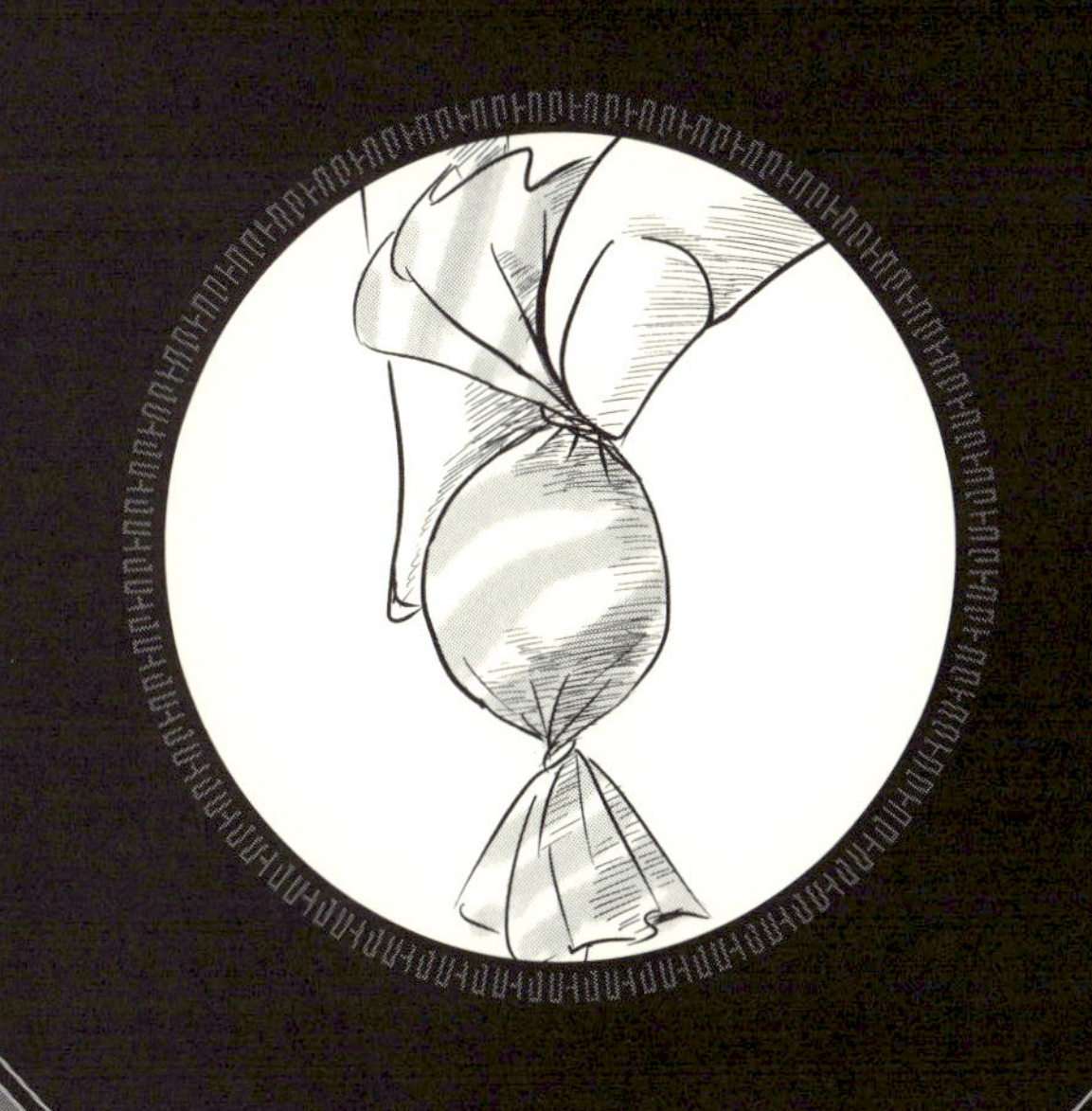

公園で遊んだ帰り道、なんとなく
近くの駄菓子屋さんにより道をした
ときのことです。

お気に入りのリッチ・ミルキーアメを
たなから取ろうとしたら、
横から**ぬっ**と手がのびてきて、
アメをうばっていった。

最後の一個だったのに……。
アメを取ったおばさんが、
目を見ひらいてわたしを見てたから、
ビクッとしちゃった。
でも、一番おどろいたのは、
一瞬ふれたその人の手が——

氷みたいに**ヒンヤリ**してたこと。
そんなにあのアメが欲しかったの？
「大人なのにヘンなの」って思った。

お店を出て道をもどると、
公園の入口のところで、
3歳くらいの小さな男の子が
ひとりぼっちでしゃがんでいた。
なんか心配——。わたしは、
「ぼくひとり？　お母さんは？」
って聞いてみた。
するとその子は、
「これくれたから、もう消えちゃった」
と言って、手のひらをひらいて、
中を見せてくれた。

あのアメだ……。

そのあとすぐ、親せきみたいな人が
その子をむかえにきたけど、
お母さんのすがたは見えなかった。
いや、本当は見えていたんだ。
さっきの店で会った女の人。でもね、
木のうしろにいて、体が半分透けてた。
——しばらくたってから。
「アメ買い幽霊」
の話を、友だちから聞いた。

赤ちゃんを残して死んだお母さんが、
その子のことが心配で、
毎晩、お墓から出てきて、
お店でアメを買って赤ちゃんに
あたえているという幽霊の話。
あのとき、おばさんにアメを
ゆずってあげてよかった
って思いました。

第5話

真夜中の放送室

♪ポンポポポ〜ン

――まただ……。

あの声のせいで、今日も
目がさめてしまった。

「お昼の放送をはじめます。
今日の給食の献立は、
かやくごはん、マカロニサラダ……」

夜中の2時半すぎに学校から
聞こえてくる校内放送――、
いったいなんなんだよ……。

近所にすんでいる友だちはみんな、
そんな放送聞いたことないって言うし、
放送委員の子に聞いても、
放送は録音してないし、
放送室には鍵がかかってるから、
夜中に放送できるわけないって……。

じゃあ、これは
――なんなの？

しばらくして、ぼくは気がついたんだ。
放送があった次の日は、かならず――

校庭のまん中に、なぜか**カラスの死骸**がいくつか落ちている。お父さんが言うには、ボクの通っている小学校では、むかしっからこういうことがよくあるんだって。

第6話

過去と未来

もし、同じクラスに、名前が
「**ミライ**」って子と
「**カコ**」って子がいたらね、
鏡を背にして、この**呪文**を言うと、
過去のことと未来のことが
ひとつだけわかるんだって。

「サキトアト
ドチラヲシルカ
キメマシタ」

でも、一回質問するごとに、
ミライちゃんとカコちゃんの寿命が
少しずつ縮んでしまうらしい。

第7話

雨の日の父

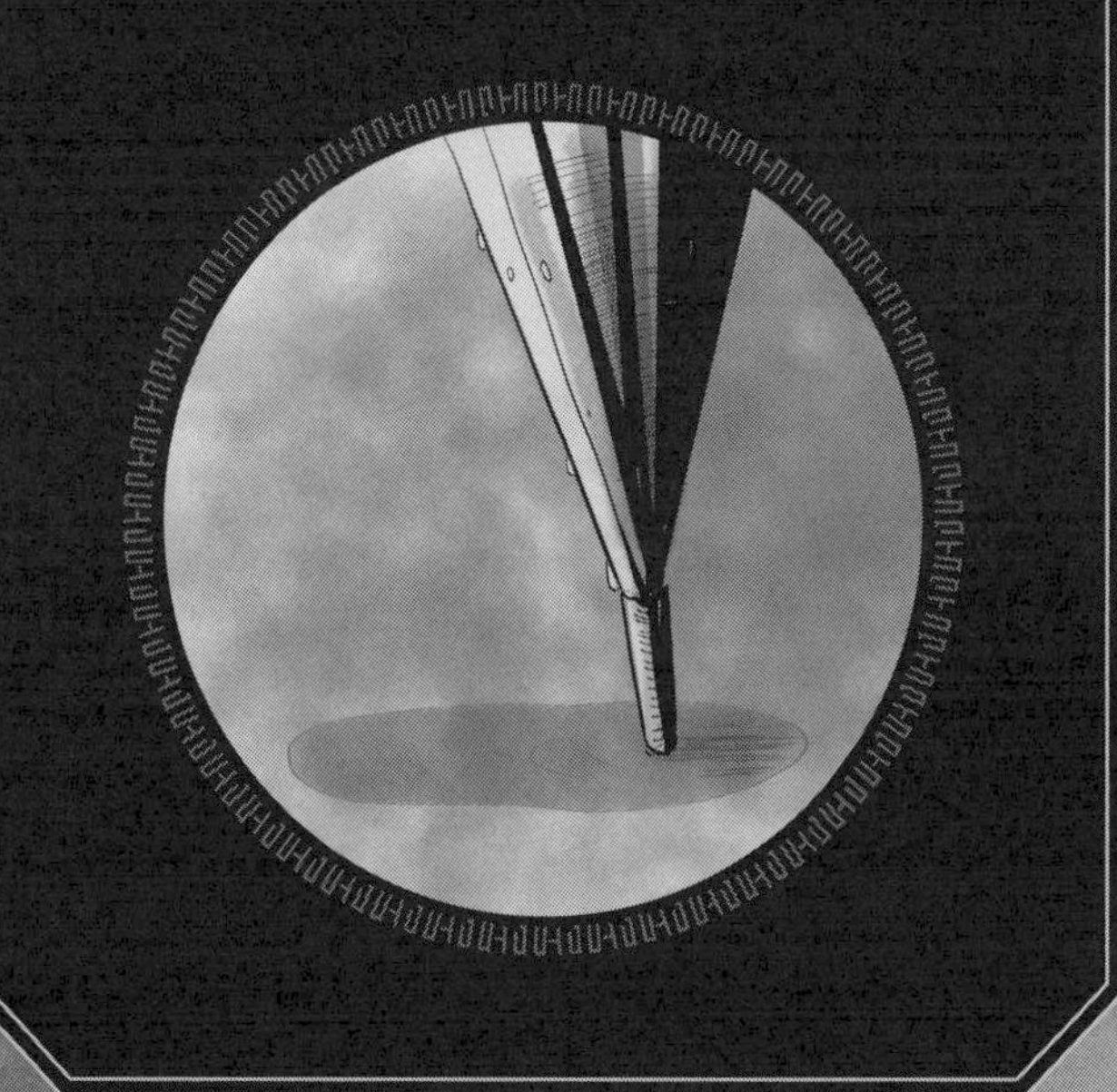

雨の日のお父さんは、なんかヘン。
話しかけてもボーッとしていて
目も合わせてくれない。それに、
雨の日の夜は、フラ～ッと
お父さんが外に出ていくのを、
わたしは知っている。
どんなに雨がはげしくても。

コンビニにでも行ってるのかな？
いつも20分くらいすると、ガチャッ
とドアの音がして、帰ってくる。

——ある日のこと。
ねむれなくてウトウトしてたら、

と雨がふりはじめた。

ドアの音――。お父さんがまた外に出かけるんだ。
よし、行くぞっ!!
わたしは思い切って、後を追ってみることにした。
でも、細い道の角まできたところで、
見失っちゃった。その先は行き止まりなのに……。
次の雨の日――。こんどはお父さんに
バレないように、後を追いかけた。
すると、またあの角のところで姿が見えなくなっちゃう。
わたしはあわてて、角の電柱まで走った。
なのに、まただ。道の先に、お父さんはいない。
ピチョンピチョン……雨の音だけがひびいてる。

「えみこ……」

頭の上から声がして、見上げると――

灰トラの野良猫が
塀の上にポツンと座っていた。
なーんだ。
あたりをキョロキョロ見回してると
「えみこ」
……また、声がした。
おそるおそる見上げると、
さっきの猫が、こちらを見ている。
ひぃっ!!
街灯に照らされた猫の顔は、
お父さんそっくりだった。
ギョッとしたその瞬間、

「雨の日に車でアレを
ひいてしまってからだよ……」
え？　お父さんの声？
「車で、灰色の猫をひいてしまった。
でも、いそいでいたから、
そのまま助けずに、会社へもどった。
それから……雨の日の夜は――
こうなってしまうんだ……」

「え？　え？　お父さん!?」
そのとたん、
お父さんの顔をした猫は、
塀の上を走って
雨の中に消えてしまった。
――次の朝。
勇気を出して、お父さんに

「……昨日の猫……お父さんだよね？」
って聞いてみた。
でも、お父さんはポカンとしてる。

「お父さんが車でひいた、
灰色の猫のことだよっ！」

思わず、大きな声でどなっちゃった。

「……なんの話？」

お父さんだけじゃなく、お母さんも
お兄ちゃんも、きょとんとしてる。
「もういい」って思った。

わたしの夢だったのかな……？
でも、今でも雨の夜になると、
お父さんは、フラフラと外へ出て行く。
そして、ろうかにはときどき、
灰色の猫の毛が落ちているんだ。

第8話

人面（じんめん）トマト

「何これ？　顔みたい」
水やり係の小山君が、
ぼくの鉢植えのミニトマトを
のぞきこんで、びっくりしてる。
たしかに、熟した実の皮がやぶれて、
気味悪くたれ下がっている。
まるで、**人間の顔**みたいに。

「〝呪いのトマト〟じゃね？」
ほかの子たちも集まってきた。
みんながあんまり騒ぐから、
ぼくもなんだかそのトマトが
気持ち悪く思えてきた。
「もう、つんで捨てちゃおっかなぁー」
――すると、先生が、

「もったいないわよ。
煮てケチャップにしたら、
きっとだいじょうぶ」
と教えてくれた。
「そっか、煮れば
呪いが蒸発するのか！」
――家に帰って、お母さんにお願いして、
いっしょにケチャップを作ってもらった。
煮こんでいるうちに、どれが
〝呪いのトマト〟か、まざって
わからなくなった。
お兄ちゃんにこの話をしたら、
ふざけて、そのケチャップで
ぼくのオムライスに……

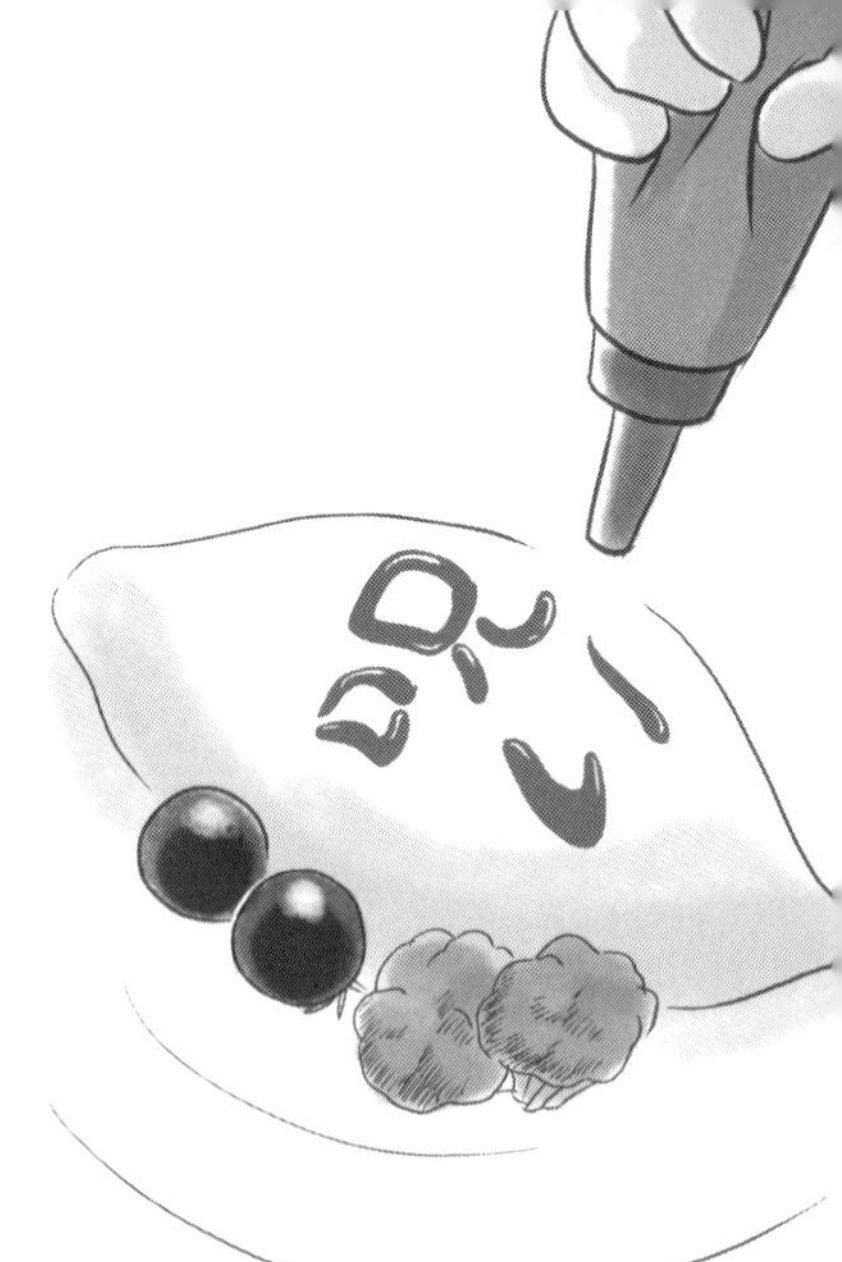

呪(のろ)い

って、書かれた。
ぼくが泣(な)いたら、お母さんが
「交換(こうかん)しなさいっ！」とおこったので、
そのオムライスは、お兄ちゃんが
食べることになった。

——その夜。
お兄ちゃんは、
おなかをこわした。
ちゃんと
呪(のろ)われたんだと思う。

第9話

顔のない銅像（どうぞう）

ぼくらがいつも遊んでいる公園の奥に、
〈立入禁止区域〉の
看板が立っている
草がぼうぼうのエリアがある。
そして、そこには――

顔のない子どもの銅像

が立っている。
ふだんは、草むらにかくれていて
見えない。でも、ボールが
飛んでいってしまったりして、
中までふみこんでいくと、急に
あらわれて、ギョッとする。

この前の土曜日のこと。
ぼくが草むらの中でボールを
探してたら、ふと、人の気配がした。
――えっ？
びっくりして顔を上げると、

銅像の子が、ぼくをゆっくりと
見下ろして、言った。

「仲間に入れて……」

――マ、マジかっ⁉
ぼくは、猛ダッシュで逃げた。

あとでみんなに話したら、
ほかに何人も、あの子に遊びに
さそわれたって子がいた。
しかも、ことわると……

公園の虫が大量にふえるらしい
（おもにカメムシ）。
カメムシの死体が、
「アソンデホシカッタ」
って文字の形にならんでるのを
見た子もいた。

第10話

とび箱の怪人

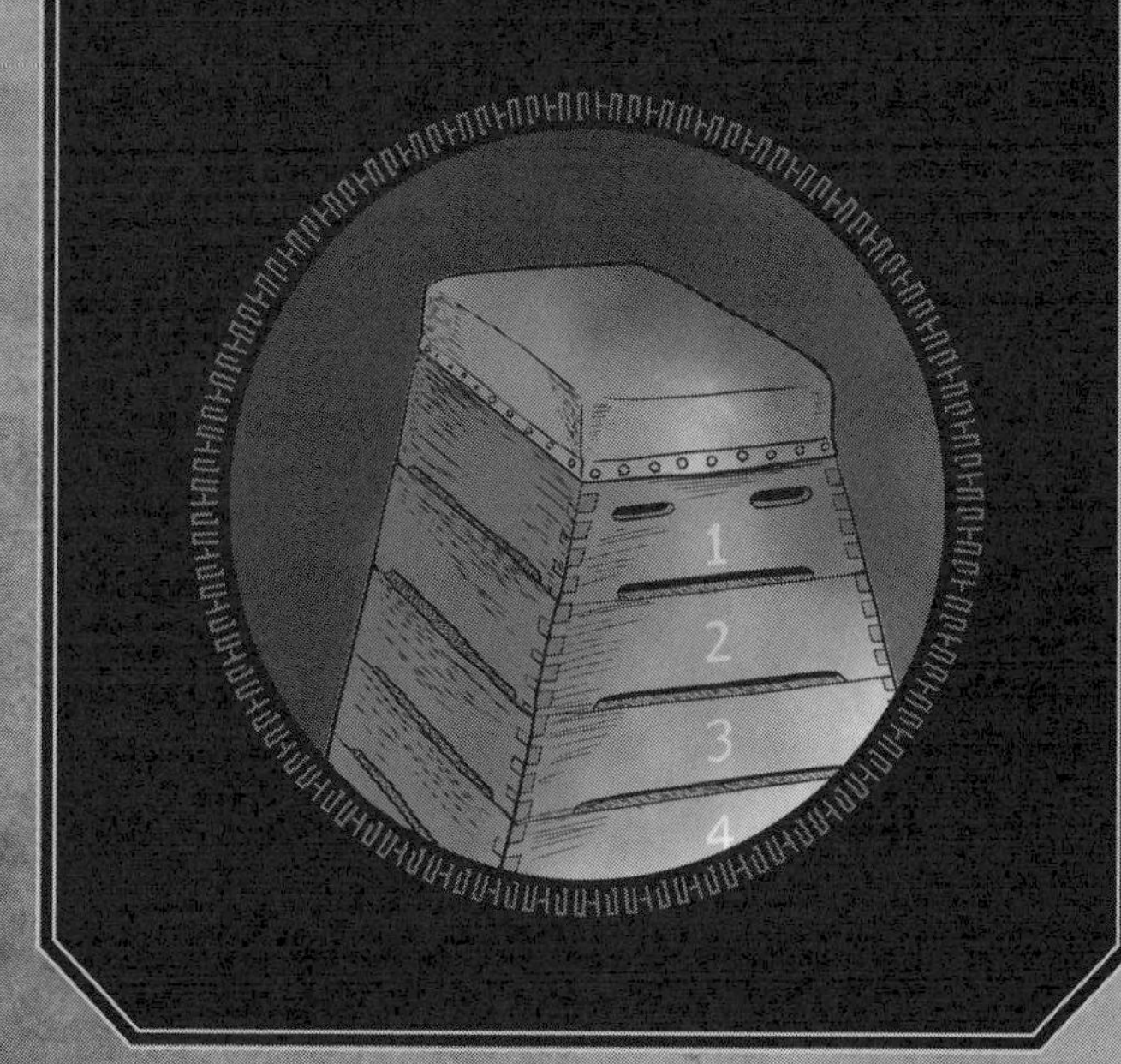

学校の体育館にある、
一番古いとび箱の中って
のぞいてみたことある？
中には、顔にまっ白い仮面を
かぶった怪人がすんでいるんだ。
その怪人に残った給食を
こっそりあげると……

明日の天気や、ちょっとだけ
未来のことを教えてくれる。
でも、何もあげないで
質問だけをすると、
給食の味がぬすまれる。
だから、きらいな給食が出る日は、
わざと何もあげないで聞いてみるんだ。

第11話

呪(のろ)われた校歌

うちの学校の体育館には、
卒業生が作った、木彫りの
古い校歌額がある。

その額に彫られている歌詞
なんだけど……、ときどき変わる
ってウワサがあるんだ。
でも、本当かな？
ぼくは、朝の集会のたびに
確認してみることにした。
そしたら――。

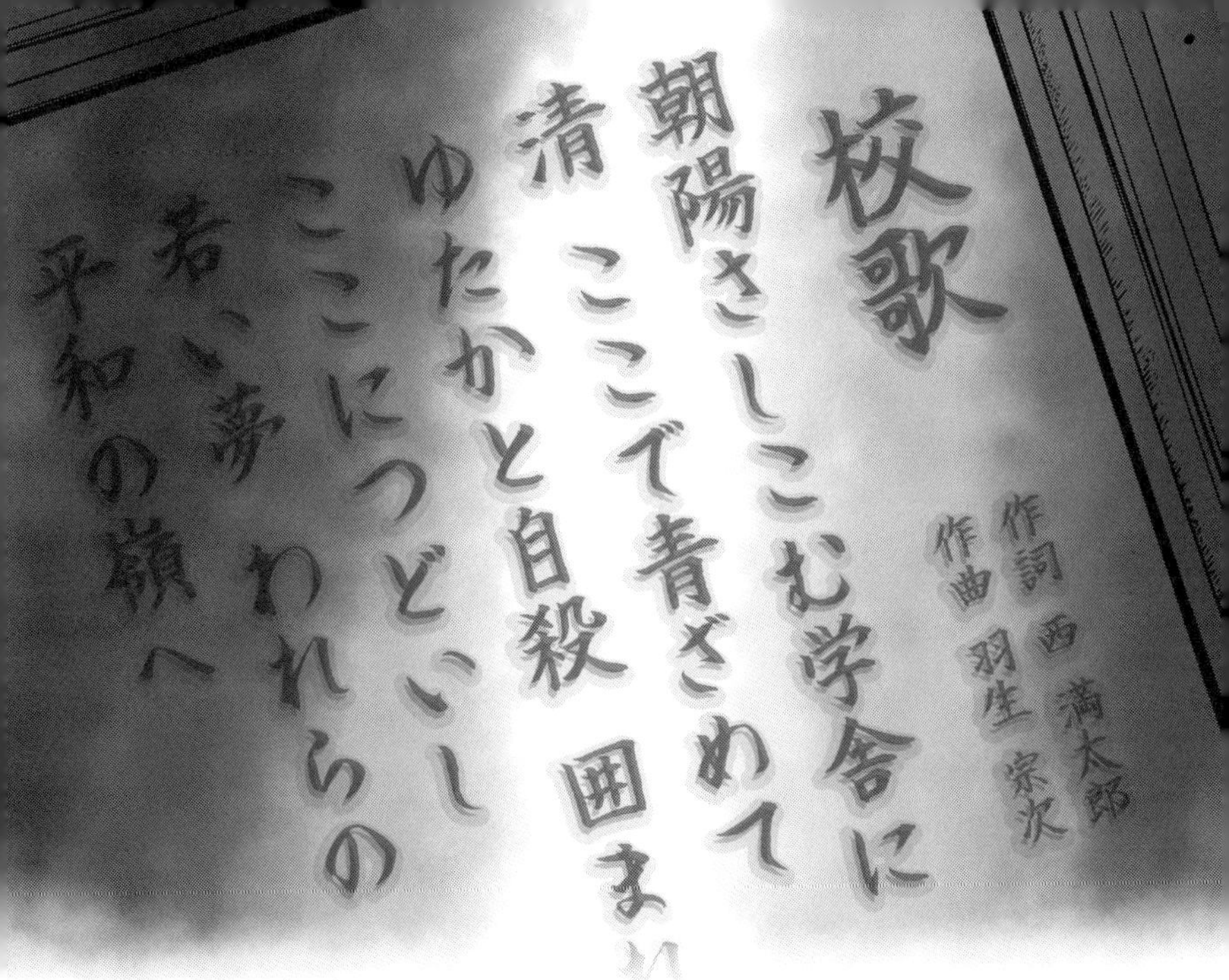

前日までは

「清いこころと青い空
豊かな自然に囲まれた」

となっていた部分が、次の日、

「清 ここで青ざめて
ゆたかと自殺 囲まれた」

に変わってた。

本当だよ!

ぼくだけじゃなくって

クラスの友だち、何人も見たんだ。

その翌日——。

町で銀行強盗があって、
犯人が指名手配された。
新聞には、
〈警察官に包囲され、
容疑者二名は自殺した〉
と書かれていた。

容疑者の二人組は、うちの学校の
卒業生。下の名前は、
「きよし」と
「ゆたか」——。
二人は、小学校時代からの
おさななじみだったらしい。

第12話

赤い宝石の指輪

家のすみに、見たことない
指輪（ゆびわ）が落ちているのを見つけても、
ぜったいに、指（ゆび）にはめてはいけないよ。
それがどんなにキレイでも、
ぜったいダメ。
でも……、

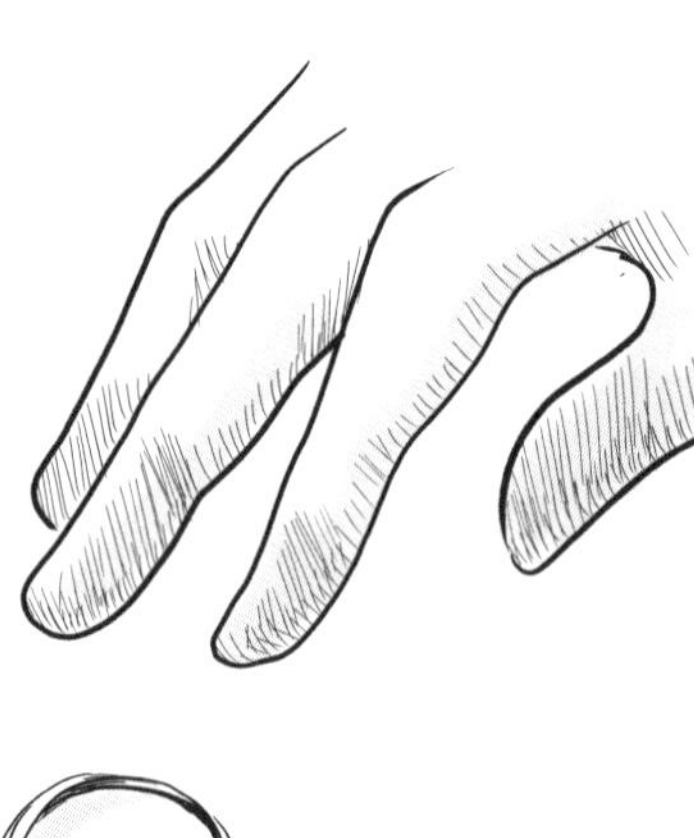

その指輪（ゆびわ）についてる、
まっ赤な宝石（ほうせき）を
一目見たら、だれでもなぜか、
スウゥゥと手をのばして、
指（ゆび）にはめてみたくなっちゃうんだ。

もともと、この指輪の持ち主だった
女の人はね——、
とってもお金持ちだったんだ。
でも、会社が倒産して、
貧乏になってしまった。
だけど、どんなにみすぼらしい
すがたになっても、最後まで
むかしの恋人からもらった
その指輪だけは、手ばなす
ことができなかったんだって。

もし——

その指輪を見つけちゃっても、
両手をグーにして
目をつむれば、
サッと消えるから、
安心してね。

第13話
きゅうけつとう
吸血刀

小学生の生き血を吸うのが
大好きな
呪いの彫刻刀
が、あるらしい。
その彫刻刀を使うと、
不思議なくらい、
スイスイとすごく上手な作品が彫れる。
だけど――、

完成しそうになると、かならず、
手を深く切って、
ケガをして
しまうんだって。

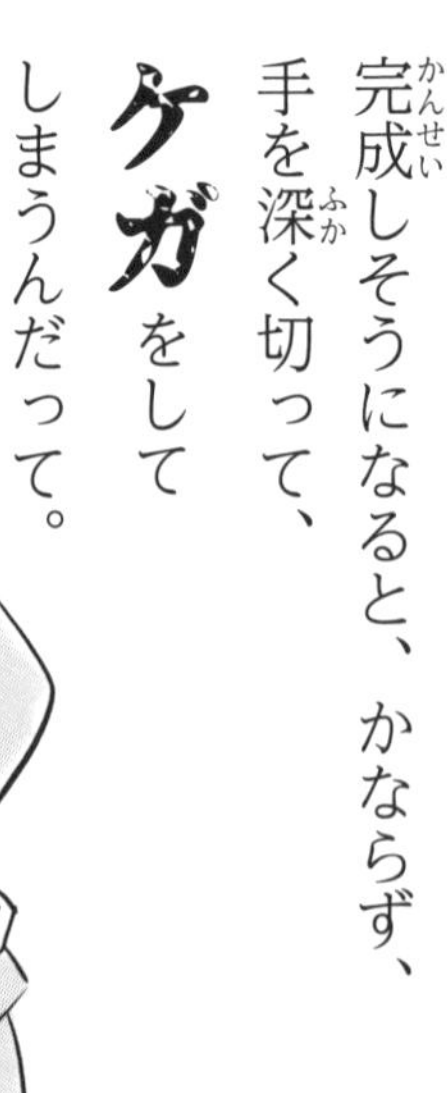

第14話

幽霊列車（ゆうれいれっしゃ）

これは、ひいおじいちゃんから聞いた、
戦争中の不思議な話。

空襲で町に爆弾が投下されたときのこと。
煙と火に巻かれて、気づけばどこにも
逃げ道がなくなっていた。
目の前に、炎をあげた柱が倒れこんできて、
思わず立ちすくんでいると――

「地下鉄の入り口に逃げろっ！」

だれかのさけび声が聞こえた。
もうもうとたちこめる煙の中、ぼくは
無我夢中で、声のするほうへ走った。
すると――

灰色に取り巻く煙からふっとぬけ、前方に
ゆがんだ地下鉄の看板が見えた。

あった！

ぼくは、地下鉄出入口の階段をかけおりた。
後ろからは、おおぜいの人が逃げこんでくる。
中はまっ暗――、すごい熱さだ。このまま
地下で蒸し焼きになっちゃうのかなぁ……。
恐怖で足がブルブルふるえ、
汗となみだがこぼれてくる。

熱い……こわい……
だれかたすけて……！

そのときとつぜん、
トンネルの奥に小さな光が見えた――

電車だ！

ヘッドライトが
暗闇を切りさきながら、
車両がホームに入ってくる。

ギィ――――

「みなさん、乗ってください！」

大きな声が響いた。
人々がいっせいに車両になだれこみ、
ごった返す。
体の小さいぼくは、押し飛ばされ、
よろけて倒れそうになった。
――そのとき。

ガシッ

白い手袋をした大きな手が、
ぼくの腕をつかんで体をささえ、
起こしてくれた。

「もう、だいじょうぶだ。
安全なところまで行こう」

車掌さんだった。
車掌さんは、ぼくを座席にわりこませ、
そのまま、車両の人ごみの中に
消えていった。

しばらして、電車はゆっくり発車した。
ぼくはドッと体じゅうの力がぬけて、
うずくまっているうちに、
うとうとと眠ってしまった。

――ガタン！

電車の大きな揺れで目がさめた。
どこかの駅についたみたいだ。

プシュ――

ドアが開いて、少し風が入ってくる。
汗をかいたおでこが、すずしくなった。
みんな、車外に出ようと押し合っている。
ぼくも人ごみをかき分け、
階段をかけのぼった。

――地上に出た。

「助かった……」

そこは、知らない町だった。
あたりを見わたすと、遠くに、
黒い煙があがり、ぼんやり
ぼくの町の鉄塔が見えた。

しばらくして聞いた話では、
あの日は、軍の命令で、地下鉄を
動かすことは禁じられていたらしい。
じゃあ――、

あの地下鉄は、
いったいだれが
運転していたんだろう？

第15話
名前をつけて……

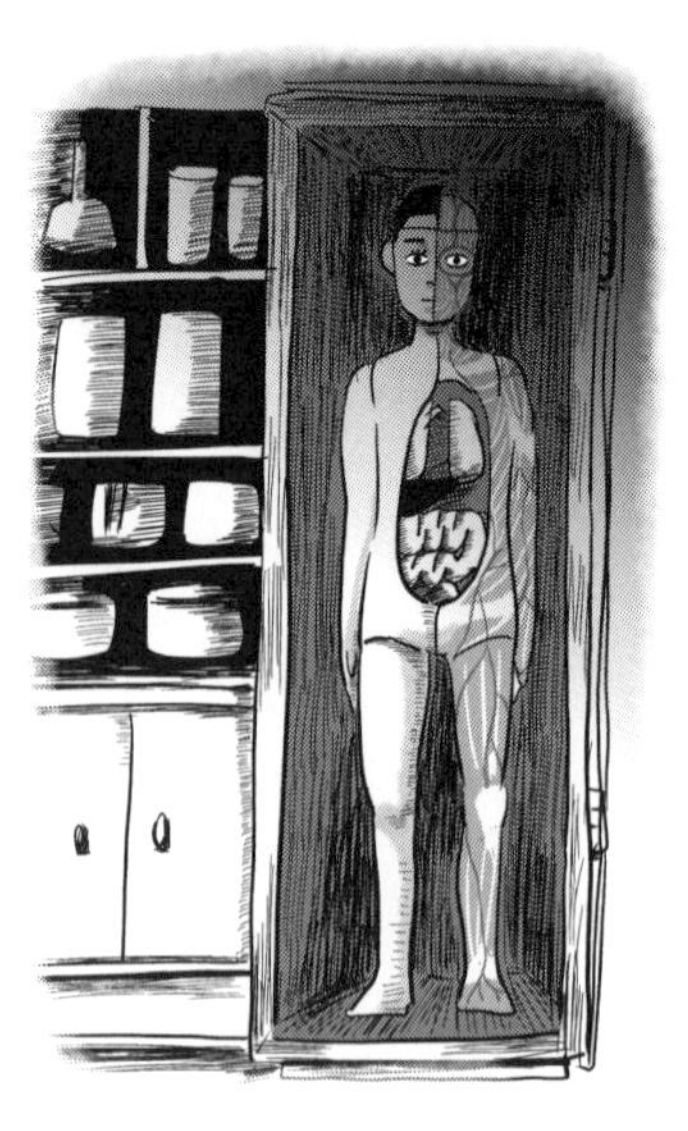

うちの小学校の理科室にある
古い人体模型は、真夜中に、
「名前をつけて……」
とたのみにくるそうです。
ふざけてヘンな名前をつけると、
おこって、急に重くなって、
上からのしかかってくるそうです。

もし、つけた名前が気にいると、
校庭でおどったり、
内臓の腸でなわとび
したりするらしい。

第16話

豊年魚(ほうねんぎょ)

「あれはぜったい恐竜だっ！」

けんと君が、教室じゅうにひびきわたる
声で、興奮して話してる。
最近、校庭にある学習池に、
でっかい恐竜みたいな生き物が
あらわれるってウワサが広まってる。
けんと君は、昨日の放課後、
忘れ物を取りに教室に行った。
その帰り——

夕方のうす暗くなった校庭で、
池から**にゅうっ**と顔を出す
大きな黒い生き物の影を見たらしい。
雨の日には、校庭に這い出て雨を
浴びているすがたを見たとか、
ほかに何人も、その生き物を
見たと言う子がいるんだ。
「**恐竜じゃない。それは……**

「豊年魚だよ」

シュン君が、とつぜん話しだした。

江戸時代、ある城の堀に、魚のような尻尾を持つ怪獣が現れた。見た者がいる年は必ず豊作になることから、それは、「豊年魚」と呼ばれるようになった。

ある年、雨がなく、堀の水はひあがった。人々は、豊年魚もきっと死んでしまっただろうとウワサした。

少しして、城のお侍さんが、堀の中に、ナゾの卵を見つけた。「これはきっと豊年魚の卵だ」と、こっそり持ち帰って、家のうらの小さな池にしずめた。

その池があった場所が――

「ここだよ」

――その日から、けんと君はいつも、
こんな自慢話をしている。

**「オレはホーネンギョ見たから、
クラスで一番ホーサクだぜ！」**

……たぶん、何も
わかってないと思う。

第17話
校長室の子

ぼくの小学校の校長室には
座敷わらしが
すんでいるってウワサがあります。
うちの学校は、生徒数も少なくって、
ボロくて、となりの小学校と
いっしょにされるっていうウワサも
よく聞きます。でも……

校舎のどこかがこわれたり、
お金が必要な状況になると、
急に、近所のお金持ちから
寄付の申し出があったり、
先生が宝くじを当てたりします。
校長先生と座敷わらしは、
とってもなかよしなんだろうな。

第18話

カセットテープの声

「昔の物を知ろう」という授業で、
カイ君が、
古いカセットテープ
と再生機を家から持ってきた。
レトロでめずらしいよね。「ラジカセ」
って機械で、むかしは、音楽を聞いたり、
録音したりしていたんだって。
休み時間に再生してみたら、知らない歌や
話し声が入っていて、ワクワクした。
でも、急に……

「ぎゃぁ～、いやぁぁ、
助けてぇ～！　お願い」
――叫び声がした。
劇の練習かな？って思ったけど、
すごく必死な声だったから、こわく
なって、ぼくらは顔を見合わせた。
「鬼が来る、
殺されるぅ！」

ブツ…………
——とつぜん、無音になった。
そして、しばらくするとまた、
何事もなかったかのように、楽しそうな
おしゃべりの声が流れてきた。
「やっぱ——!!」
みんな大さわぎ、大もりあがり。
「これは、呪いのテープだ!」
あっという間に、学校じゅうにウワサは
広まった。それから、そのテープと
ラジカセを借りて、夜に一人で自分の
部屋で聞くと最高にコワイ、と評判に。
だからつい、ぼくも、
「貸して」って言ってしまった……。

――その夜。
部屋で一人、ドキドキしながら再生ボタンを押した。
「ぎゃぁ〜、いやぁぁ、助けてぇ〜！　お願い」
たしかに、一人で聞いたほうが、スリルがあってゾクゾクする！
……………ザ――――ッ
急に、音がおかしくなった。故障？

停止ボタンを押そうと指をのばすと、とつぜん、女の人の声がした。
「これは……
あなたが死ぬ瞬間の声よ」

第19話

かくされたパン

ヒロキくんはいつも、給食のパンを
半分残す。
まわりの子から「食べなよ」とか、
あれこれ言われるから、
こっそり給食袋にかくしてるのを
ぼくは知ってる。
残すのはしょうがないけどさ……、

かくしたパンを、ぜんぶ給食袋に
ためてるから、**カビ**が生えてる。
ヒロキくんに「それ捨てなよ」って
言ってみたんだけど、
いやな顔して、無視された。
でもある日——。

給食袋いっぱいに入ってた
パンがなくなってた。
「やっと捨てたの?」
ぼくが聞いたら、ヒロキくんは
ふるえる声で言った。
「……殺されるかと思った」
――顔はまっ青。
「???」
ヒロキくんの話では、朝、目がさめると、
まっ白いテントの中
にいたんだって。
そして、とっても息が苦しくて、
よく見たらそこは――
給食袋の中。

かくしてたカビだらけのパンたちに
体をギュウギュウしめつめられて、
動けなくなっちゃったんだって。
「もうパンをかくしたりしません！」
って泣いてちかったら、もとにもどれたって。
でも、しばらくして、やっぱりまたパンを
給食袋にためちゃったら、もう一回、
カビだらけのパンに閉じこめられたらしいよ。

第20話

首吊り（くびつ）りおじさん

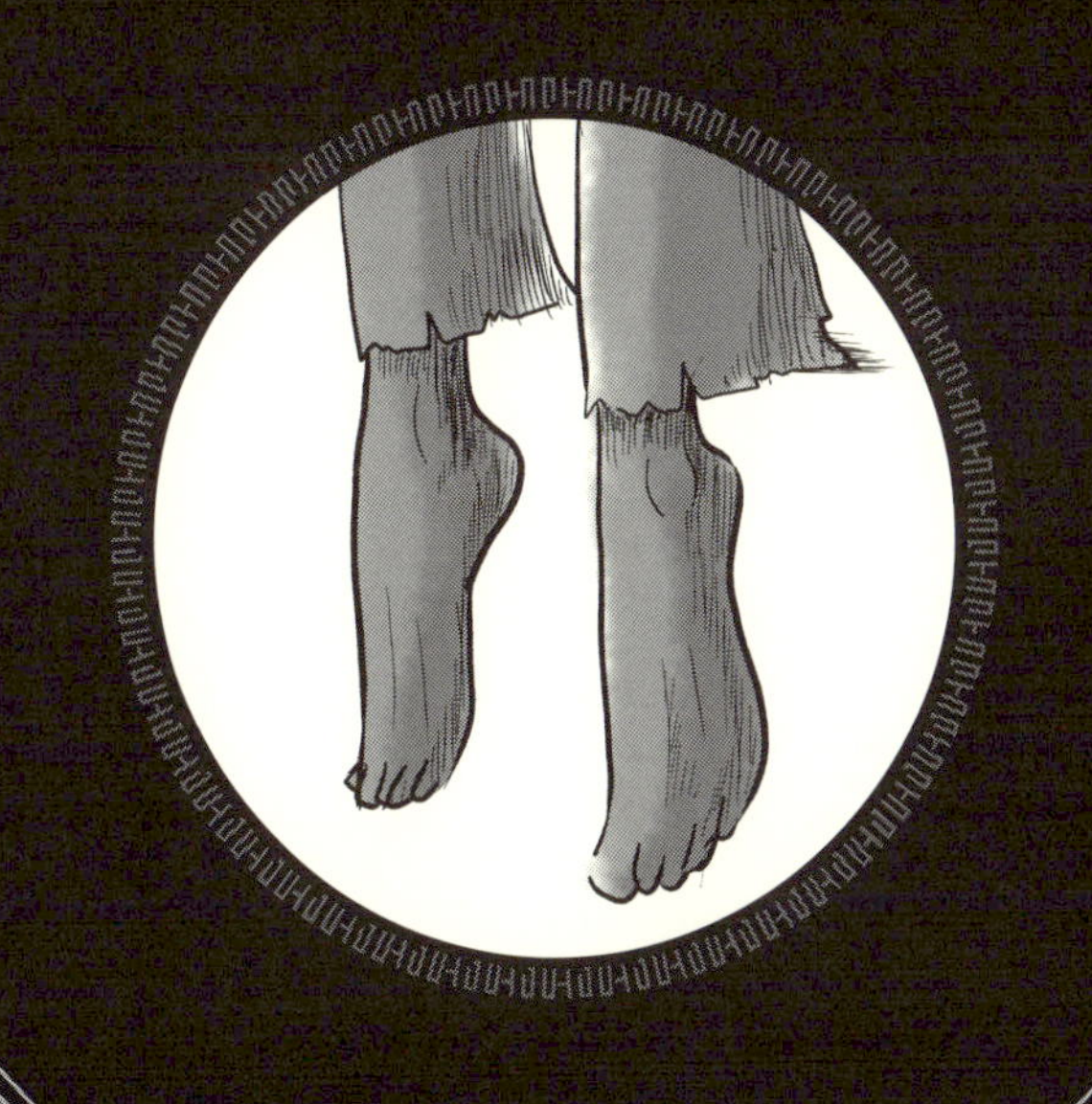

あそこのトイレは、本当に、
出るらしい。住宅地の中の
小さな公園。そこの公衆トイレの
わきに、ぼんやりあらわれる、
首吊りおじさんの幽霊。
首からちぎれたロープをぶら下げて、
いつもボンヤリしている。
近づくと……

生きてたころのグチを聞かされる。
会社が超ブラック企業で安月給だった
こととか、パワハラ上司への恨み節とか。
ちゃんと聞かないと、**呪われる。**
最後まで聞けば、ラッキーなことが
あるけど、すごく小さなラッキーだから、
ぎゃくにソンした気分になる。

第21話

わらいに厳しいタヌキ

百年と少し前のこと。
とある山に、おしばいが大好きな
タヌキがいた。
いつも、人に化けて、
街のしばい小屋にやってきては、
葉っぱのお金でおしばいを見て、
楽しんでいた。

そんなある日――。
うっかり、はらったお金が
葉っぱにもどってしまった。

「タヌキだ！」

しばい小屋の人が叫び、みんなに
追いかけられて、最後は、
しばい小屋で飼われていた犬にかまれて、
タヌキは**死**んでしまった。

それからというもの……、
そのしばい小屋では、タヌキの霊が、
演者にツッコミを入れたり、
感想を伝えてくるという怪奇現象が
起こってしまった。

そのツッコミというのがまた
超辛口。

演者たちはだんだん
たまらなくなってきた。

けっきょく、みんなで相談して、
死んだタヌキを祀る神社を建てた。

するとすっかり辛口ツッコミは
おさまり、ほっとしたのもつかの間、
その神社を、少しでも粗末にした
とたん……

しばい小屋は、爆発事故で、
ふっ飛んでなくなってしまった。
タヌキの祟りは、
もしかすると、とんでもなくおそろしい
のかもしれない……。

チャーハン・ポリス第8回公演「おひや」
お客様アンケート
本日の公演のご感想

ライブおつかれさまでした。
今日はチャーポリさんのコントの集大成を期待しはるばる山から
はせさんじました。…しかし、メディア露出の悪影響でしょうか？
チャーポリ**古参ファン**として、あえてきびしい意見を
書かせて頂きます。（ナマイキですみません）
ラー太さんの脚本の着眼点は、変わらず素晴らしいのですが、
あれこれやりたいことをつめ込みすぎてテーマを見失い、
内輪ノリで終わってしまうことが増えています。（今回特に）
お二人が野放して、アドリブ合戦になったくだりは、特に**冗長**で
何度も時計を見てしまいました。
私たちが見たいのは、**仲良しごっこ**ではなく、プロの真
ワーキャーファンに甘やかされて**浅い目先の**
（変顔等）に走り、消えていったコンビを
私は何組も見てきました。

第22話

猫坂（ねこざか）

奈良県のとあるお寺の境内には、
転ぶと猫になる
「猫坂」がある。
そこの石畳は、つまずいて
転びやすいから、足もとに気をつけて、
しんちょうに歩かないといけない。

もし、転んじゃったら――。
猫になってしまった後、
親にも友だちにも
正体に気づいてもらえないと、
ずっと猫のままで、
人間にもどることができないらしい。

第23話

ほんものの おばけ屋敷（やしき）

「ホンモノが出るらしい」

最近クラスでもウワサに
なってる、あのおばけ屋敷。
学校近くのビルの地下に
入っていたお店が、
急に閉店しちゃって——

改装工事をする前に、
ひと月だけ、おばけ屋敷を
やることになった。
そこには、古い人形が
たくさん集められた。
その中には……

ホンモノの、**呪いの人形**も
あったってウワサ。
オープンすると、そのおばけ屋敷では、
次々と不思議なことが起こりはじめた。
何もしかけがない場所でも、

ぎゃあああああああああ

と、急に悲鳴があがったり、
監視カメラの映像が
ノイズ画面になっていたり、
お客さんの足もとを、透明で
見えないケモノのようなものが
サワサワとすりぬけていったり……。
しかたなく、そのおばけ屋敷はお祓いを
してもらうことになったんだけど——、

神主さんは、こう言ったらしい。

「完全に祓っちゃうとお客さん来なくなっちゃうんで、少し残しておきますね……」

第24話

ニセモノ配信(はいしん)

「あれ？　わたし？」
動画サイトを見ていたら、わたしに
似ている女の子の見出しがあったから、
気になってつい、クリックしちゃった。
動画が始まると……

似ているんじゃなくて、
わたしだった。
わたしの服だし、わたしの部屋だし、
顔だって、わたしだし……。
でも、わたしは動画の配信なんて
やってないし、撮ったおぼえもない。
――その子が歌いだした。
♪てんやわんやのわんこそば～
いなりの姫さんつ～るつる～
ぜんぜん聞いたことない歌。
扇風機の前で歌ってるみたいな、
ゆらゆらしたヘンな歌声。
やっぱり、こんなの
わたしじゃない！

画面の中のわたしは、
クスクスわらいながら、
カメラ目線で言う。

「見てるし……」

いつまでもわらってる。

——何がおもしろいの？
なんかムカついてきた。
もう見たくない！
停止ボタンを
押そうとしたら……

「こっちも見えてるからね」

——画面はまっ暗になった。タブレットの履歴には、その動画を見た記録は、どこにも残ってなかった。

友だちにこの話をしたら、同じ体験をしたって子が、クラスに4人もいました。

第25話

天ぷらジジイ

「食べるか？」

あのおじいさんが揚げた天ぷらは
むちゃくちゃウマいとウワサだけど、
ぜったい食べちゃダメ。
もし食べたら――

「あぶらをしぼって
いいかい？」
って聞かれて、あぶらをぬかれる。
「あっちから、たっぷり
しぼれそうな人が
来るよ」
って言って逃げれば、助かります。

第26話

血を吸うビン

「これ、なんだと思う?」

親せきのおじさんが、ニッと
わらって、ビンをさし出してきた。
おじさんは旅行好きで、
いろんな国のおみやげをくれる。
「え、化石か何か?」
そのビンには、カラカラに乾いた
スルメみたいなものが入っていた。
おじさんは、首をふって、

「吸血鬼のミイラだよ」

――って、ニヤリとわらった。
「これ、血をあげると、よみがえるんだ」
……なんかウソくさいなと思って、
しばらく机の上に放っておいたんだけど、
最近だんだん、気になってきた。

ある日——。
そのビンの中に、
血のかわりに
赤いインクをたらしてみたんだ。

しばらくしても、

〝スルメ〟はひからびたまんま。

「やっぱインクじゃダメか」

ぼくは、引き出しの奥に
ビンをつっこんだ。


——その翌日。

ぼくが大事に飼っていた赤い金魚が
水そうから飛び出して、
カラカラにひからびて、
死んじゃった。
いそいで引き出しを開けてみると、
あのビンの中身が、
からっぽになってたんだ。

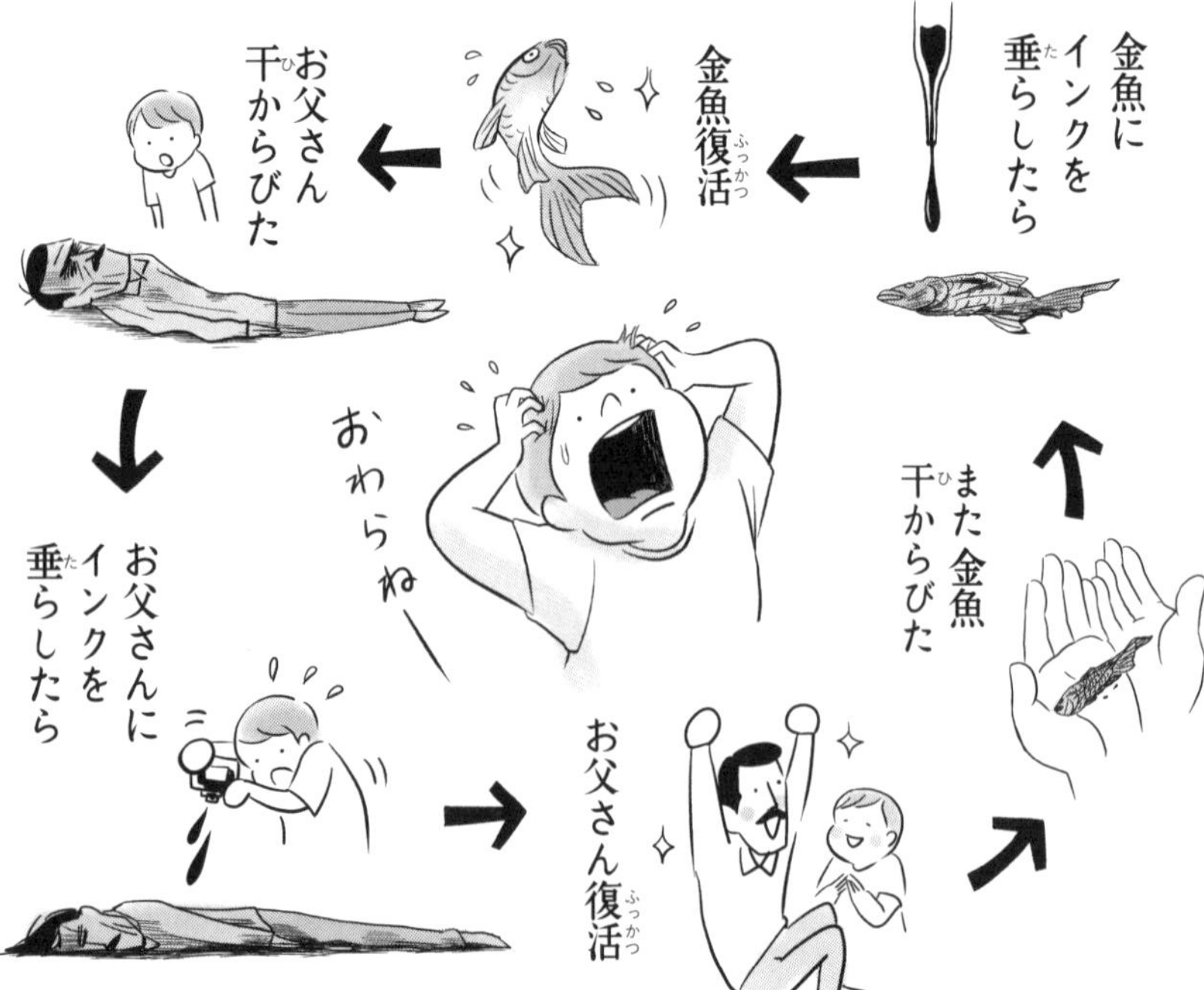

第27話

はずむボール

ダムッダムッダムッダムッダムッ…

だれもいない体育館で、ボールだけが
勝手にはずんでいることがある。
ヘンだな?と思って、つい、
かけよってしまうと……、

バシッ!

どこからかボールが飛んできたり、
天井にはさまったボールが

ドドドドドッ

いっせいに落ちてきたりするらしい。
学校に、座敷わらしやおばけが
遊びにきていて、
イタズラしてるってウワサ。

第28話

河童(かっぱ)の皿平(さらへい)

小学校のうら山のふもとにある
ため池に、みんなでザリガニ釣りに
行こうって話になった。
すると、カズキが急にこう言った。

「あっ、ソウタは
来ちゃダメ」

ぼくはおこった。
「なんでだよっ!?」

「おまえは、クロール速すぎる。
カッパにされっから」
「……はぁ?」

カズキは真顔だったけど、
みんなわらったし、ぼくもわらった。
その放課後——

カズキたちは、本当にぼくをおいて、
みんなでため池に行ってしまった。
「泳ぎが上手いヤツは、
あの池に近づいちゃ
ダメなの！　ゼッタイ!!」
カズキはムキになって言ってたけど、
そんなのデタラメだ！　ぼくを、
のけものにしたかったんだ！
めちゃくちゃムカついてきて、
ぼくは走って池に行った。でも……、

――シーーーン……

池には、**だれもいなかった。**みんな
どこに行ったんだろう？　しかたなく、
ひとりでザリガニ釣りを始めたら――

いつのまにか、知らない男の子がとなりにすわっていた。

「……北小の子？　何年？」

その子は、ぼくを指さした。

「いっしょ」

「え、マジ!?　何組？」

男の子の帽子には、
4年八組　池谷皿平
って書いてある。

「……サラ……ヘイ？」

「今、ここの石の下に2匹おる」

皿平の言うところに釣り糸をたらしたら、すぐに引きがあって、ザリガニが釣れた。

スゲェ──！

皿平は、釣りが上手い。
エサのくくり方、重り石の見つけ方も、
皿平の言うとおりにすると、
おもしろいくらい釣れる。**楽しいっ。**
6匹めを釣り上げ、はしゃいでいたら、
皿平が言った。
「ソウタ、こうやってわらいたかったよな。
なかまはずれ、つらかったよな……」

え……。
なんか、目頭があったかくなって、
涙が出てきた。皿平は、やさしい。
カズキなんかより、ずっと。
もっと釣って、明日、あいつに
見せびらかしてやろう。
「あっちの岩の下、もっと
大きいザリガニ、いるよ」
皿平は、池に入って、ジャブジャブ
歩きだした。
木が生いしげっているほうに、
ずんずん進んでいく。
ぼくも、あわててついていった。

——**ジャブンッ！**

急に、池が深くなった。
あれ？　下に引っぱられる!!
あわてて足もとを見ると、水の中で、
皿平がわらっていた。
どんどん体がしずんでいく。
やばいっ！
そのとき――

だれかに手をつかまれ、グッと上に
引き上げられた。**ジャバッ！**
ぼくの手をつかんだカズキが
にらんでいる。
「**バカッ!!　おまえ、カッパに
なるとこだったぞっ！**」
真顔でどなってきたから、
ぼくはやっぱりわらってしまった。

第29話

小さなお墓

体育館のうらのクヌギの木の下には、
びっしりと**アイスの棒**が
立てられている。
あれは、ぜったいにふんだり、
たおしたりしちゃダメなんだ。
だって、ぜんぶ**お墓**だから。

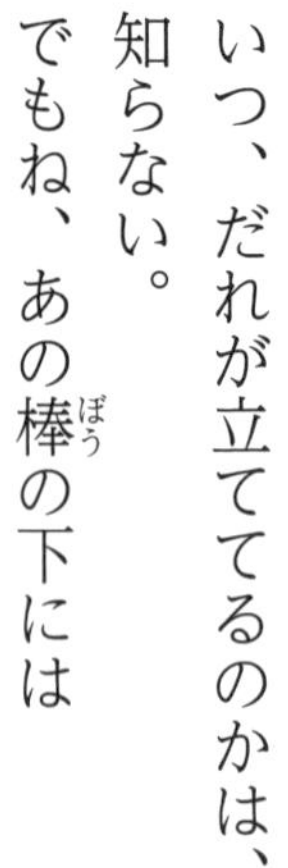

いつ、だれが立ててるのかは、
知らない。
でもね、あの棒の下には

ウサギ、ニワトリ、
カメ、カマキリ……

かつて、学校で飼ってた
生き物たちが埋められてるんだって。
もし、あの棒をふんだり、
たおしたりしちゃったら、
その下に埋められている生き物の霊に
とりつかれてしまうらしい。

こないだ、となりのクラスの
早川君が、ボールを追いかけて、
ついうっかり、
アイスの棒をふんでしまった。
そしたら……、

夜中にウロついたり、
朝、クヌギの木にじっと抱きついてる
早川君を見たと言う子がいて、
カブトムシの霊
にとりつかれたんじゃないかって
ウワサになった。
早川君が鏡を見ると、うっすら
カブトムシのすがたがうつるらしいし……。

霊がおいしいと思うものを
できるだけ食べて、満足させると、
成仏して、体からぬけてくれるそうです。

第30話

行方不明は、だれ？

公園のはじにある掲示板に、
クレヨンで「**行方不明**」とだけ
書かれた紙が、貼ってある。
いつからあるかおぼえてないけど、
だれもはがさないから、
ずーっとそのままなんだ。
きっとだれかのイタズラだと思う。
でも、ときどき、不思議なことが
起きる。

雨がふった日の翌日になると、
「行方不明」って字の上に、
人の顔が、ジワ～ッと
うかびあがることがある。
その顔の人は、本当にいなくなっちゃう
というウワサ。それがこわくって、
だれもはがせずにいるんだ。

第31話

コッキリコ

ぼくのすんでいる街は、どこにでもあるような、ふつうの住宅地。でもむかし、ここは深い深い山だったんだって。その山には、

コッキリコ

という、でっかいバケモノがすんでいたらしい。

コッキリコは、生き物の首を

コキッと折って、ムシャムシャ食べてしまう。だから、旅人がこのあたりの山を越えるときは、ぜったいに持っていく物があった。

――しげみの奥から、

ドスンッドスンッ

大きな足音が近づいてきたら……

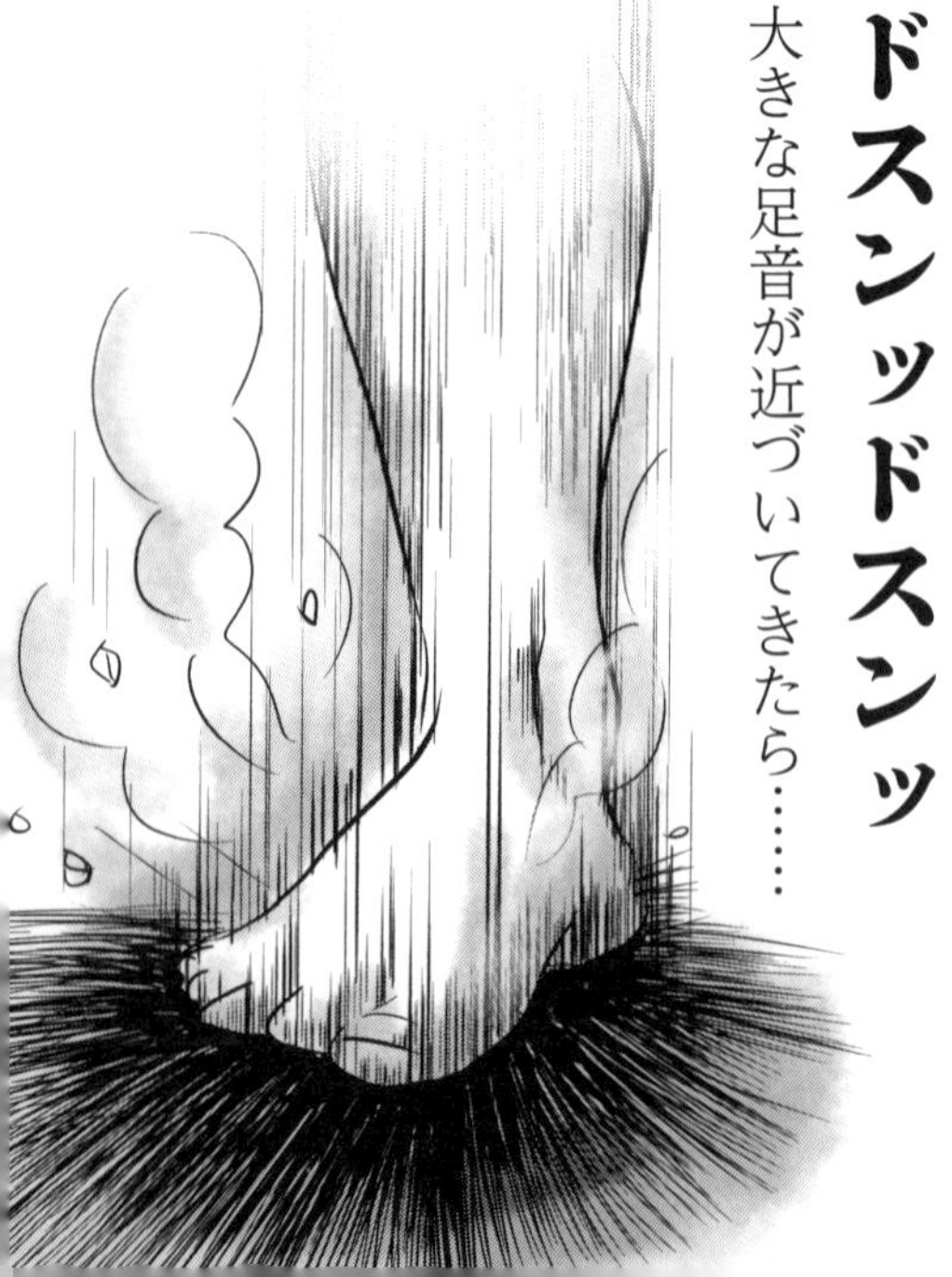

千歳飴（ちとせあめ）のような

長ーーいアメ

をさし出す。

そうすると、コッキリコは、

そのアメを

コッキリ折（お）って、

おいしそうにしゃぶる。

コッキリコがアメに

むちゅうになっているすきに、

走って逃（に）げるんだ。

けっして、ふり返（かえ）ってはいけない。

コッキリコは今もね……

ときどき、この街に出るらしいよ。
もし、コッキリコに
出会ってしまったら――、
とにかく、
細長くて折れる物
をわたすといいんだって。
このあいだ、3年生の子が、
あわててリコーダーをわたして
助かったって聞いた。
でも、リコーダーをコッキリと
折られてしまったから、
音楽の岩下先生に、
コッテリおこられたそうです。

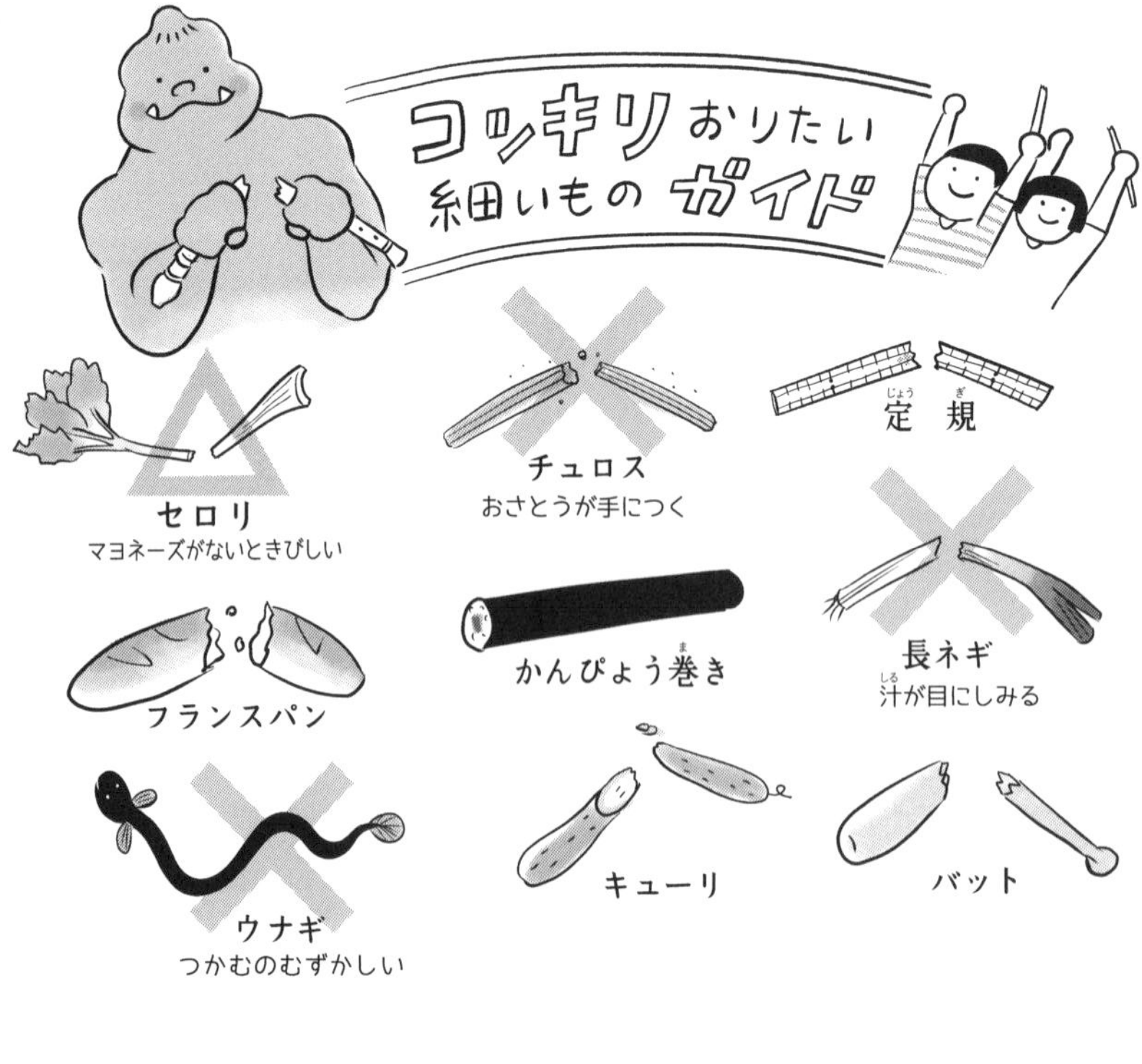

コッキリおりたい
細いものガイド

セロリ
マヨネーズがないときびしい

チュロス
おさとうが手につく

定規

フランスパン

かんぴょう巻き

長ネギ
汁が目にしみる

ウナギ
つかむのむずかしい

キューリ

バット

第32話

おいしい火の玉

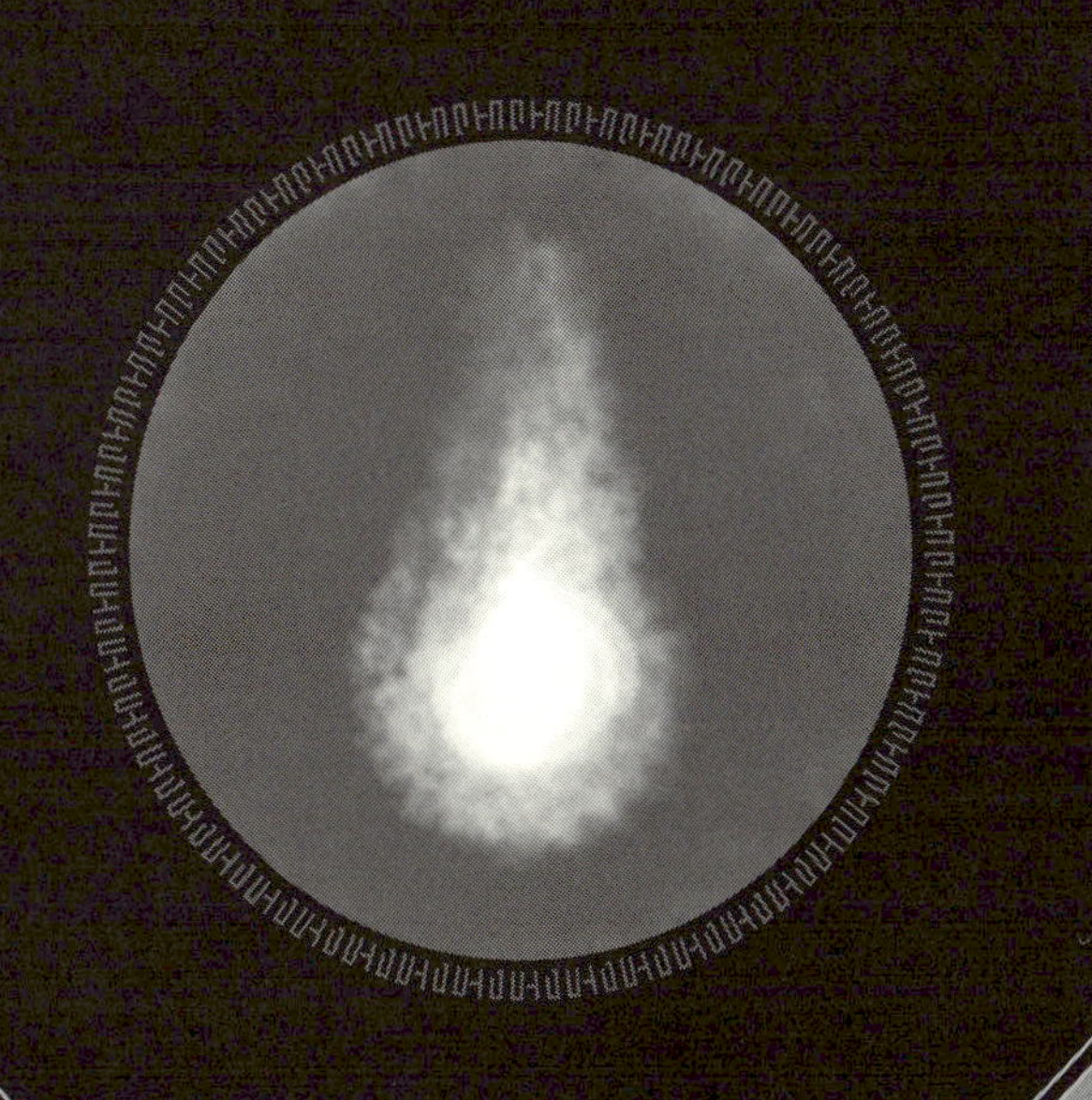

うちの近所の墓地には、
お盆になると、いくつも青白い
火の玉があらわれるって
ウワサです。
しかも、超レアな
長いしっぽの火の玉は、
食べることができるんだって、
味は、さわやかな**ソーダ味!!**

ゼリーみたいにプルプルしてて、
食べると、
夜におなかが
ブルーに光るらしいよ。

第33話
ダル

一学期の終業式のあと、アサガオの鉢を
かかえて、帰り道を歩いていたんだ。
あれ？　だんだん
重くなってる？
手もしびれて、頭もボーッとしてきた。
視界もかすんできて……

ぼくはヘナヘナと、道ばたに
すわりこんでしまった。鉢を置いても、
手足はどんどん重くなる。
「家に帰らなきゃ」——でも、
体が自分のものじゃないみたいに
動かない。どうしよう……、
たすけて……！
声が出ない!!

「**どうしたの？　だいじょうぶ？**」
背後に、スーツの男の人が立っていた。
たすけて！……って言いたいけど、
ノドがギュッとしめつけられて、
金魚みたいに口をパクパクさせる
ことしかできない。
男の人は、不思議そうに首をかしげて、
ぼくを見ている。
……どうしよう！
た　す　け　て!!
しばらく考えこんでから、男の人は、
カバンの中に手を入れ、ガサゴソと
あさって、ぼくに何かをさし出した。

ラムネ……⁉

「食べなさい」

え？　なんで？　今、ラムネ？

「おそらく、きみは**ダル**にとりつかれてしまったんだね」

ダル？

知らない人から食べ物をもらうと、お母さんにおこられる。

ぼくは力をふりしぼって、首を横にふった。

「う……ん」
男の人は、こまった顔でぼくを見ていた。
「そうだ。家の電話番号はわかる？
おうちの人を呼んであげるから、
番号を教えて」
ぼくはまた、口をパクパクした。
「声まで吸い取られてしまったんだね。
じゃ、ここに書けるかい？」

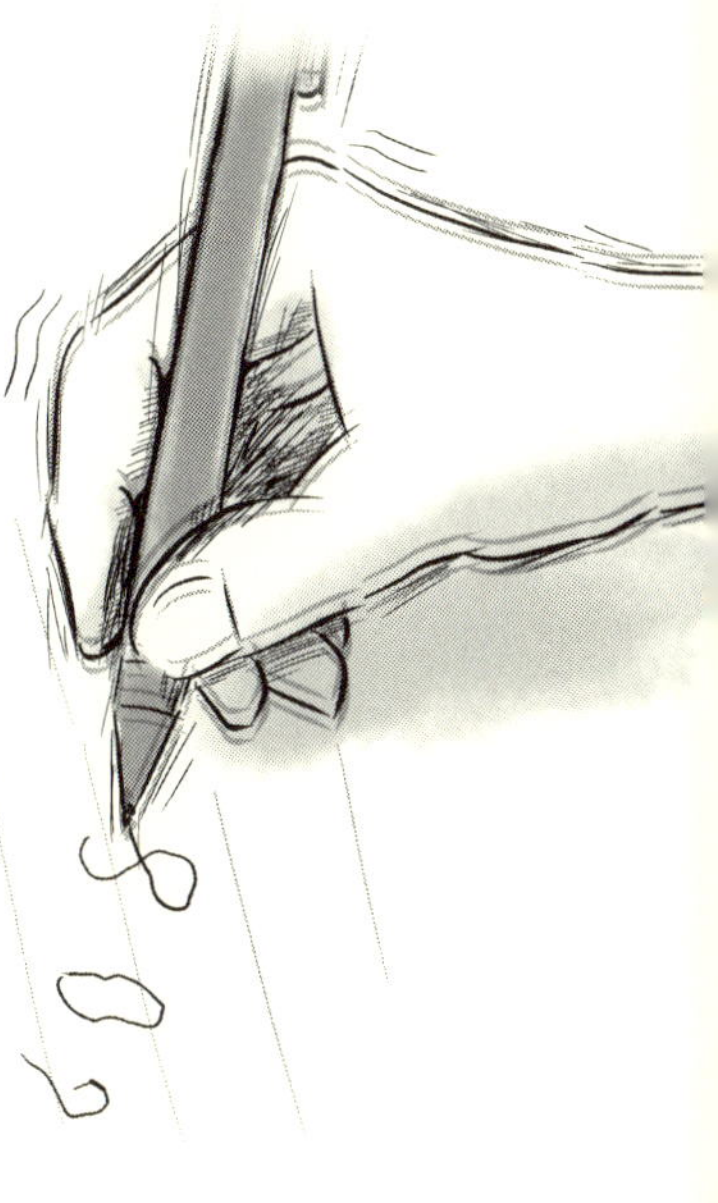

手がうまく動かなかったけど、
さし出された紙とペンを使って、
ぼくはヒョロヒョロの文字で、
なんとか家の電話番号を書いた。
しばらくすると——
「**コウキ、だいじょうぶかっ？**」
お父さんがやってきてくれた。
ぼくは、涙が出るほどホッとした。
「ほら、これを食べなさい」

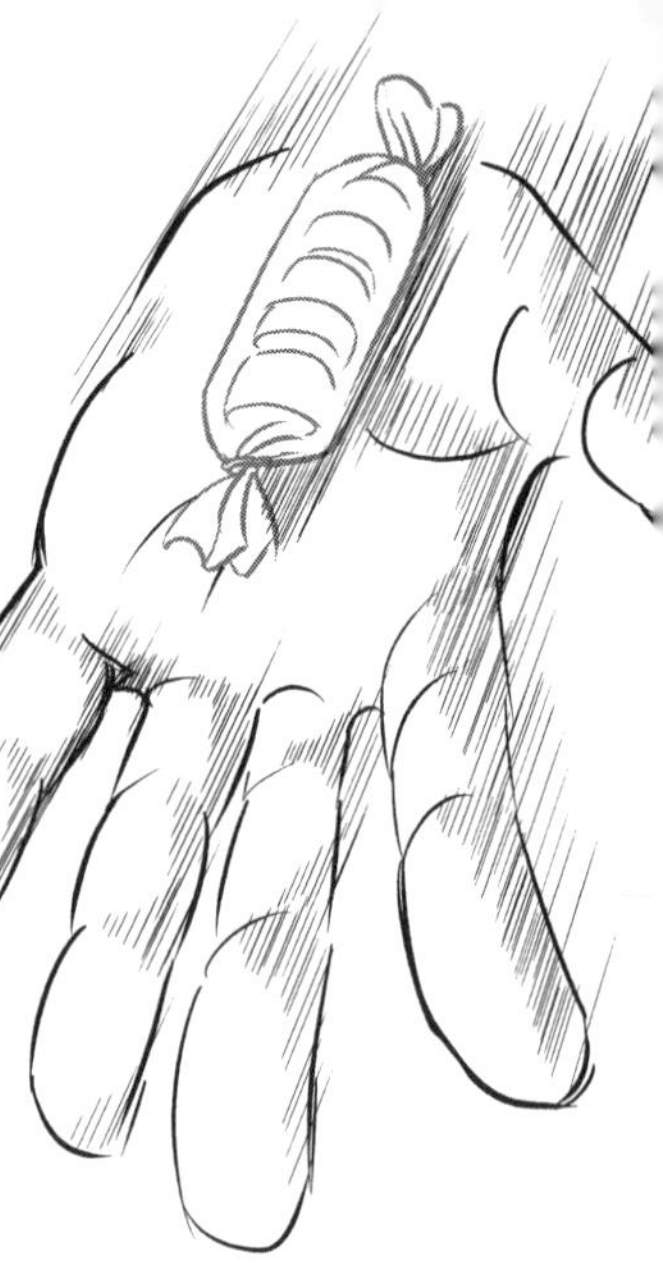

え？　また、**ラムネ……!?**
お父さんは、とても真剣な顔だった。
ぼくはしかたなく、言われるがままに
そのラムネを食べた。すると――。
体がふっと軽くなった。
「……お父さん、何これ？
魔法のラムネ？」
さっきまでがウソみたいに、
スッと声が出た。

「むかしから、この道にはね、
ダルっていうおばけがよく出るんだ。
とりつかれると、力が入らなくなって、
動けなくなってしまう。
でも、退散させる方法はかんたん。
ラムネでもアメ玉ひとつでもいい、
甘いものを口にすれば、ダルは
逃げだして、元気にもどれるんだよ」
お父さんは、大まじめに言った。
「……それって……、
ただの**腹ペコ**ってこと？」
――ふと思ったけど、またなんとなく
ノドがつっかえて、言えなかった。

今回はここまで。
またどこかで、
お会いしましょう。

岩田すず

いわた・すず 漫画家（旧/岩田ユキ）。短編漫画「おナスにのって」（アクションカミカゼ賞佳作）「悪者のすべて」（小学館新人コミック大賞青年部門入選）などがある。映画脚本・監督作品として、「指輪をはめたい」「8ミリメートル」「檸檬のころ」がある。

田辺青蛙

たなべ・せいあ 小説家。大阪生まれ。オークランド工科大学卒業。2006年、「薫糖」で第4回ビーケーワン怪談大賞佳作受賞、『てのひら怪談』に掌編が収録される。2008年、「生き屏風」で第15回日本ホラー小説大賞短編賞を受賞。2010年、「映写眼球」で「みちのく怪談コンテスト」高橋克彦賞受賞。また、小説のほかに、夫の芥川賞作家・円城塔との共著『読書で離婚を考えた。』がある。

全国小学生(ぜんこくしょうがくせい)
おばけ手帖(てちょう) 2
ウワサの幽霊(ゆうれい)編(へん)

2025年3月4日　初版発行

絵・文
岩田すず

原案
田辺青蛙

発行者
松岡佑子

発行所
株式会社静山社
〒102-0073 東京都千代田区九段北1-15-15
TEL 03-5210-7221
https://www.sayzansha.com

印刷・製本
中央精版印刷株式会社

編集／足立桃子

ISBN978-4-86389-896-7

怪談おばさんが全国の小学生から聞き集めた、
33の本当にあったこわい話。
ほんものの幽霊はやっぱりこわい。
けど、けっこうおとぼけ!!

『全国小学生おばけ手帖　とぼけた幽霊編』
＝シリーズ第１巻、好評発売中＝